Les Œuvres complètes de
Marcel Schwob

マルセル・シュオッブ全集

栞

国書刊行会
2015年

シュオッブ、コレット、その他

山尾悠子

シュオッブ本人に関して、たいへん好もしく思っているエピソードがある。ずっと以前、国書刊行会版『黄金仮面の王』月報に拙文を寄せたことがあるのだが、その折には書きそびれてしまった。もしかしたら誰でも知っているエピソードなのかもしれないが（近年になって文庫でも読めるようになった）、それでもずっと心残りになっていたことでもあり、この機会に書いておくことにする。

＊

私の年代ではちょうど学生時代に二見書房のコレット著作集が出て（七〇年代のこと）、全十二巻の分量でコレットに親しんだひとが多いのではないかと思う。——と、話はまずここから始めなければならない。栗色がかった焦げ茶の地に薔薇色と金の印字という巴里《パリ》っぽい装丁も洒落ていて、大学図書館で借り出しては美味芳醇な読書を楽しんだものだ。円熟期の代表作として有名な「青い麦」「シェリ」等よりも、初期の少女もののほうに強力な魅力を感じた、というのはやはり当時の若さのせいだったかもしれない。一連の「クローディーヌもの」には大いに悩殺されたもので、以来、コレットといえば熟女の皮を被った不安定な少女であるような印象をずっと持ち続けている。

そのコレットの回想録「私の修行時代」（たいへん面白い）に、ごく若い無名時代に出会った親しい友人という立ち位置で——我らの——シュオッブが登場する。澁澤龍彦経由で「眠れる都市《まち》」「大地炎上」などはすでに読んでいたので、このふたりの組み合わせは意外であるように思われ、名前が出てきたときにはかなりびっくりしたものだ。ずっと年長の作家ウィリーと結婚した田舎娘コレットが巴里へ出て、大病を患っていた頃、そこへ話し相手としてシュオッブが頻々と通ってきてくれたというのだが、つまりクローディーヌものの世界にいきなり異分子が割り込んだような按配。シュオッブは当時三十歳ほど、病人の枕元でディケンズやトウェイン等を朗読し、さらには未訳小説まで訳して聞かせる懇切さであった由。いささか意地の悪いコレットの回想ぶりのなかからも（だからこそ）生き生きと伝わってくるものは多いと思う。著作集は結局全巻買い揃えたので、今でもこうして書き写すことができる——長いのでほんの一部分だけ。

「（略）私は彼の作品よりも優れているそのたいした博識の恩恵を受けた。すでに弱々しくなって歩くのにも骨が折れたのに、私たちの住む四階まで日に二度も三度もよじ登ってきて私のために話をし、訳してきかせ、気前よく時間を浪費してくれたが、私はべつに驚きもしなかった。彼をまるで自分のもののように扱っていたのである。二十歳のころには、法外な贈り物もまるで王侯のように受けるものだ。
マルセル・シュウォブのたった一つの肖像は、サッシャ・ギトリの描いたものだが、よく似ている。目尻はまるで矢尻のようで、青く恐ろしい瞳は熱に融け、唇は秘密をくわえこみ、このうえなく楽しみながら、この秘密に磨きをかけて研ぎあげているのである。まるで甲冑の面か装飾仮面のように、友情の表現さえ掩ってしまいかねないこの悪人づらを、私は三年の間見つづけたのだった。」（佐藤実枝訳）

二〇〇六年刊ちくま文庫の工藤庸子訳『わたしの修行時代』では、このさいごの部分が「なんとも凄みのある顔」と訳されている。しかし何しろ「悪人づら」のインパクトは大きくて、長年のあいだずっと印象の中心に残っている。ちなみにシュオッブが少しだけ登場する短篇「軍帽」などもある。

＊

その後のシュオッブが人気女優マルグリット・モレノと結婚したこと等、特にコレットに限らず交友関係は広くて賑やかだった、ということは最近になって初めて知った。作風から色濃く感じられる孤高のイメージは当てにならないものだ。凄みのある悪人づらにして弱者への眼差しはいとも優しく、稀に見る博識を謳われたこの男シュオッブは――などと調子よく書き出してもみたくなるが、我々はすでに多くの著作を通してかれを識っている。個人的には「眠れる都市」「大地炎上」の二作が何しろ大きかった、ということは以前にも（力を込めて）書いた。――眠りと滅び、現世から隔絶したほの暗い架空世界というものに生まれて初めて出会い、心震えた読書体験を思い出す。膨大な博識を誇り、千変万化目まぐるしい短篇小説群をものする作家がふと前例のない世界を想像し、創造した不思議を考える。

フランス世紀末文学叢書の月報に拙文を寄せたのは何しろ大昔の若いころのことで、不勉強なことに「架空の伝記」はそのとき未読だった。文体の粋を凝らしたこの伝記集の――知性によって厳密に統括され、きりきりと組み立てられていく文を読む快感――なかでも特に「悲劇詩人シリル・ターナー」を既読であったなら、さぞかし暑苦しく賛辞を書き連ねていただろうと思われる。まったく唐突なのだが、ユルスナールの短篇「斬首された女神カーリ」に於けるインドラの女神殺害場面の文章と「シリル・ターナー」の末尾部分とは叙事詩的超絶美文体の双璧、と密かに

顔無し

口絵

アラクネ

二重の男

吸血鬼

ベアトリス

○八一号列車

『二重の心』挿絵

フェルナン・シメオン画（1925年）

（勝手に）思っていて、そう言えば「女神カーリ」訳者の多田智満子はシュオッブとユルスナール両方の訳者だ。

――「恐ろしい流星が月の下で旋廻した。それは不吉な廻転運動によって勢いづいた白い火の球だった。それは金属的な光沢で彩られたかのように見えるシリル・ターナーの家のほうに向かった。黒衣をまとい、黄金の冠を被ったその男は玉座の上で流星の到来を待ち受けた。舞台の戦闘場面に先行するような警報喇叭の陰鬱な音が響いた。シリル・ターナーは気化した薔薇色の血からなる薄明りに包まれた。喇叭手たちが闇のなかに立ち上がり、葬送の曲を吹き鳴らした。こうして、シリル・ターナーは知られざる神のもとに向けて、天のもの言わぬ渦のなかに突き落とされた。」（大濱甫訳）

倉橋由美子『偏愛文学館』のシュオッブの項でも、特にこの部分が名文として紹介されていて、密かな愛玩物を人目に曝されてしまったような、ちょっとした嫉妬心にかられたことは内緒だ。――ともあれ、シュオッブ全集企画について担当氏にお伺いしてから幾星霜、この度の発刊は長く待ち望んだことでもあって実に嬉しい。シュオッブ愛好同盟者が密かに地を這う苔のように着実に増え続けることを願ってやまない。

*

そして今一度このことを。まだ小説も書かず、無名の二十歳の小娘（ただし人妻）であったコレットが「彼（シュオッブ）をまるで自分のもののように扱っていたのである」と後になって回想する。それだけ魅力のある女性だったということなのだろうが、このエピソードの何とも言えない甘やかさ――我が儘な病身の小娘を甘やかすだけ甘やかした博学多才の三十そこそこの男がすなわちシュオッブであったのか。「モネルの書」「少年十字軍」「架空の伝記」に至る畢生の創作を終えた身の上で、などと妄想は尽きない。「モネルの書」以前には肺病病みの娘との献身的大恋愛があったそうなので、何やら相似が気になるのだがそれはそれとして。萌えるとはこのことか、と思う次第。

（やまお・ゆうこ　作家）

太った男

阿片の扉

師

骸骨

メリゴ・マルシェス

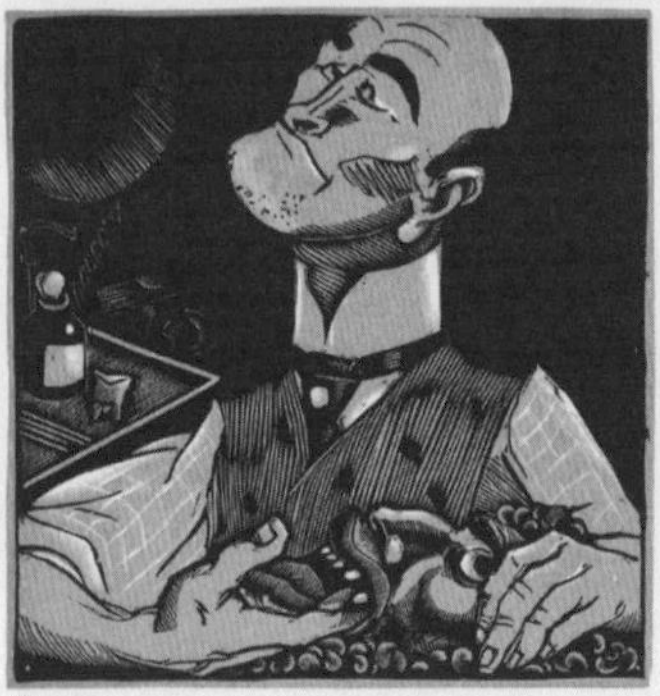

歯について

『二重の心』挿絵
フェルナン・シメオン画（1925年）

地上遊覧

西崎憲

　はじめてマルセル・シュオッブを読んで以来――『黄金仮面の王』だったか――シュオッブのことは週に一度か二度考えてきたと思う。いや考えたというのは正確ではないかもしれない。多くはただぼんやりと念頭に作品の感触が浮かぶだけだったのだから。しかし研究や翻訳をやっているわけではないので、その頻度はかなり高いのではないかと思う。少なくとも子供時代の愛犬や若い頃の友人や恋人を思いだす回数よりは多い。

　あらためて考えて見ると、それほど頻繁に思いを巡らせたのは、小説を書く際の態度について、参考ないしは指針のようなものをシュオッブのうちに見いだそうとしていたからだということが分かる。

　シュオッブの短篇の特徴はまず題材や舞台設定の多彩さである。題材それに舞台は時間的にも空間的にも尋常ではない広さに渉っている。ある時は古代のインドあるいはリビア、ある時は当代のフランス、でなければいつともどことも知れぬ暗鬱な未来。じつに多種多様で、読者は一篇ごとに時空を行き来する感覚に眩暈《めまい》を覚えるのではないだろうか。それはもちろんシュオッブの博覧強記がなせる技である。

　そして美しく犀利《さいり》な文、鉱物的な光を帯びた修辞でつづられるのは人々の運命、恐怖、夢幻であり、茫漠としたものへの懐旧、遥かな時間の果ての抒情、寄る辺なさ、幽《かそけ》きユーモアである。

　おそらく稀な高みにあるその修辞に導かれて、わたしたちは地上の諸相、夢の諸相を遊覧することができる。シュオッブほど色のない語り方ができる者はそう多くない。個人性を感じさせない、自然物のような説得力を持つその語り。

　文学史的、伝記的事実を記せば、シュオッブは象徴主義的であり、シュルレアリスムの先蹤《せんしょう》であり、ユダヤ系フランス人で、エドガー・アラン・ポーの影響を受けている。

　以上の特徴を具えたシュオッブは、まさに匹敵する者がほとんど見あたらないような散文の上手であり、しばしば云われるようにシュオッブより上はないし、先もない。しかもそうした書き手が陥っても不思議ではない自尊心の歪《いびつ》ささえ免れている。けれど一番の特徴は、あるいはあまり小説家らしくないところかもしれない。シュオッブは短篇小説の名手ということになっているので説明が必要だろう。

　シュオッブの作品を読んでいると、このストーリーでなくても、あるいはこの結末でなくても、作者は面白く書け

サン・ピエールの華

最後の夜

スナップ写真

心臓破り

未来のテロ

面

『二重の心』挿絵
フェルナン・シメオン画（1925年）

ただろうなという印象を覚えることが多い。シュオッブが最終的に選んだそれらがつまらないと云いたいわけではない。ただほかのものでも成立するように感じるのだ。

たとえば中国人とインド人の石炭舟で太陽の地に行こうとする「裏切られた娘」の少女バルジェットの最後の選択は、書かれたものと違っても構わないだろう。グロテスク趣味と軽快さの驚異的な組みあわせ「顔無し」のストーリーの展開も、いまの形でなくても同様に魅力的だろうと思う。わたしのこの感覚は個人的なものに過ぎないだろうか。

そもそも小説を書くということは可能性を消していく作業をすることである。ストーリーは限定され、登場人物の属性の多様性は削られていく。そうやって単純化しなければ、小説というものは成立しない。そうすることによっておそらく小説は〈絶対〉を目指しているのだろう。絶対的なストーリー、絶対的なエピソードや結末の集合体を。

優れた小説と云われるものの細部、たとえば『罪と罰』の広場での大地への接吻は、それ以外のものを持ってくることができないように感じさせる。そのエピソードがなければ『罪と罰』にならないのではないか、という印象を読者に与える。優れた小説にはたいていそう思わせるところがある。

では、シュオッブの作品中の細部はどうだろう。すでに述べたがシュオッブの小説のほとんどすべての要素は、ほかのものと交換できるように見える。シュオッブの小説の作りは緩い。緊密な文章で一見そのようには見えないが、さまざまな要素は非指示的で非限定性を漠然と示唆している。しかし、ここが重要なところであるが、だから相対的かというと、どうもそうではないのである。読後感はまったく逆である。どの作品にも畏怖とも呼べる通奏音がある。相対性しかないところにはたして畏怖は生じるだろうか。

つまりはこういうことではないかと思う。ドストエフスキーは絶対的な素材を用いて絶対的な価値について書こうとした。シュオッブは相対的な素材で絶対的な価値について書こうと試みた。前者は限定して狭めていくことによって絶対に至ると考えた。後者は限定せず逆に広げることによって、絶対を仄めかした。

単純な言い方をすれば、シュオッブは唯一のストーリー、唯一の結末という考え方を採用しなかった。故意に曖昧にしたり、開かれた終わりを選んだ。

「指示」というものに関してこういう例はどうだろう。ある駅で降りることを誰かに指示しようとする時、たいていはその駅の名前を伝える。それが一番手っ取り早いように見えるからである。しかしその駅で降りてもらうという結果を導くやりかたはそれだけではない。「○○のつぎの駅で降りてくれ」という指示もできる。もしくは「○○という駅のひとつ手前で降りてくれ」などでもいいだろう。シュオッブが採ったスタイルはそういうものではないだろうか。

何かを指すということはそれ自体を指さずに達成できる。そして迂遠に見えるその方法は他との関係性の情報や思わぬ側面的情報まで同時に与えるという利点を持つ。他を排除するのではなく他に言及しながら目的を達成することができるのだ。

そしてそうした指示法はある種の無限のようなものまで含んでいる。たとえばこのように。

「一番の後ろの車両に乗って、停止した時に、白い服の女がプラットホームに立っているのが見えたら、その駅で降りてくれ」

もう少し文芸批評的な語でも似たことが云えるかもしれない。

説話というものにはかならず多くの異型《ヴァリアント》が存在する。ひとつの話には無数の影が存在するのだ。そしてある説話は無数のヴァリアントの総体である。シュオッブの作品はそういう観点に立って読んだほうがいいのではないだろうか。そしてここで想起すべきはシュオッブの博覧強記であろう。

多くの書物、多くの小説・物語に通じたシュオッブは、自分の書く作品の異型については熟知していたはずだ。そして自分の作品も異型のひとつであることも理解していただろう。さらに自分が書くことによって、自分の物語が属する物語が少し〈完全〉に近づくことも知っていただろう。シュオッブの作品に漂う絶対性、聖性とは、その完全からの照り返しではないだろうか。

シュオッブにかぎらず、書物の怪物めいた著述家を見ていると、書き手における知識は一定の量を超えるとただの属性ではなくなるのではないかという思いが湧きあがる。並はずれた博捜や多識は本質に関わるのではないだろうか。皮膚や肉に影響を与えるのではなく、骨格に影響を与えるのではないか。

もしかしたらそれは時空を超えて存在するシュオッブ自身のヴァリアントが証明しているかもしれない。影響を受けたエドガー・アラン・ポー、理想の司書と呼ばれたリチャード・ガーネット、知的にも肉体的にも巨人だったG・K・チェスタトン、無類の幻想作家ロード・ダンセイニ、影響を与えたホルへ・ルイス・ボルヘス。これらの名前を見て気づくことはないだろうか。そちらもまた興味深い事実である。ほぼ全員が長篇より短篇を書くことを好んでいるのだ。もちろんそれには何かの理由があるのだろう。地上の出来事で理由がないものはほとんどない。

（にしざき・けん　作家）

スーフラー

クラテース

修道士ドルチノ

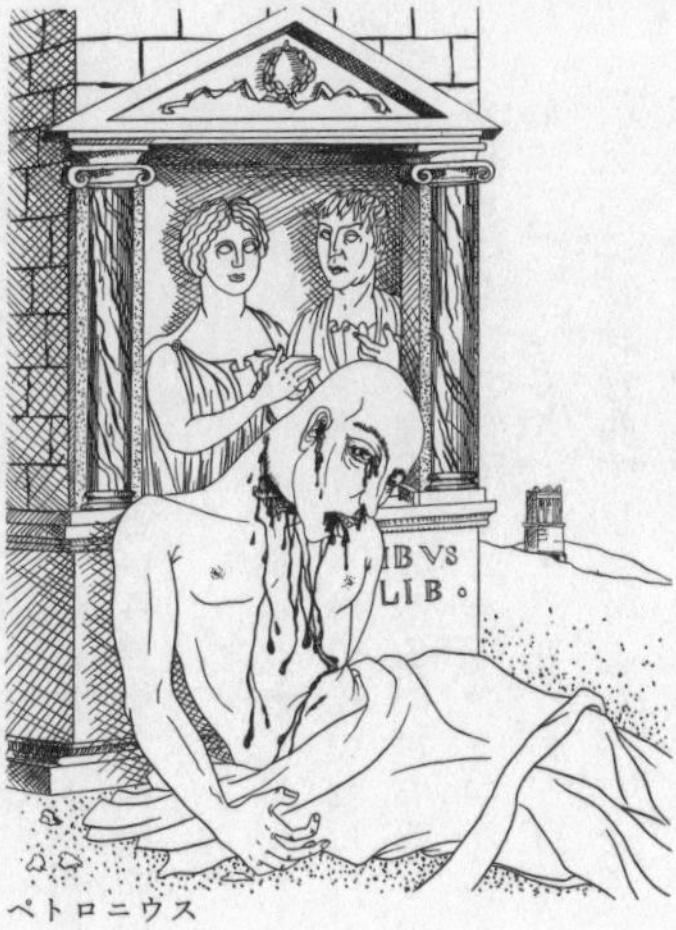

ペトロニウス

『架空の伝記』挿絵
フェリックス・ラベース画（1946年）

モナドの鏡

千葉文夫

マルセル・シュオッブの本を最初に読んだのは、パリに留学して一年半が過ぎた頃、モンジュ広場を斜めに見下ろす屋根裏部屋でのことだった。そのとき手にしていたのは、当時出たばかりの10／18叢書の一冊だったが、この作家についての知識はないも同然だった自分が、なぜその著作を読む気になったのかと改めて思い返してみても、もっともらしい答えは見出せない。とりあえず、そのときパリにいたから、書店の店頭に並んだ新刊書の一冊をたまたま立ち読みしたから、留学生の貧しいふところ具合でも購えるくらいに安価なペーパーバックの一冊だったから、といった程度の理由しか思い浮かばない。ひょっとすると、それに先立ってボルヘスを仏語訳で次々と読んでいたことが関係しているのかもしれないが、ひたすら偶然に身をまかせてのことだった。あのときはマルセル・シュオッブのことなど何も知らなかった、というのは逆に言えば、思いがけない発見をしたということなのである。発見はそのときだけで終わらずに、この作家との出会いは、むしろ新たな偶然の連鎖を手繰り寄せる出発点となったようにも思われる。

その当時10／18叢書は、ユベール・ジュアン監修のもとに「世紀末」シリーズと銘打ったタイトルを次々と出していた。ユイスマンス、ミルボー、ダリアンなどの作家がその中核であったが、シュオッブの主要作品を収録した三巻本もまたその流れのなかにあった。この三巻本の出版年を確かめてみると、一九七九年二月末となっている。ということは、日本においては、すでに大濱甫訳によるシュオブ小説全集の配本が始まっていたわけであり、さらにまた多田智満子訳による『少年十字軍』もまた刊行されていたことになるが、一九七七年十月に自分は日本を離れていたから、そのような動きがあることを知らずにいた。いま振り返ってみると、ユベール・ジュアン、大濱甫、多田智満子は、奇しくもほぼ同じ時期に相前後してシュオッブ紹介の仕事に取り組んでいたことになり、私自身もまたその偶然の符合のなかに読者という資格で身をおいていたわけである。

「世紀末」シリーズと銘打たれてはいたが、こちらはそのような文脈でシュオッブを読んだわけではなかった。むしろユイスマンスなどと並べるのがおかしいような気がしたのはどうしてだろう。シュオッブの作品のなかで何を好むかは人によってさまざまだろうが、自分の場合は『架空の伝記』に特別な興味をおぼえた。あえて強調するならば、私にとってのシュオッブは『黄金仮面の王』でも『二重の心』でも『モネルの書』でも『少年十字軍』でもなく、『架空の伝記』につきるのであり、そのようなつきあい方は当初からいまに到るまで基本的に変化していない。さらに極端な言い方をするならば、自分にとっては、マルセル・シュオッブなる同姓同名の作家が二人存在していて、そのひとりは『黄金仮面の王』を始めとする数々のみごとな短編集を世に送り出し、フランソワ・ヴィヨンや俗語に関する学識豊かな論考を書き残した世紀末の作家であるが、『架空の伝記』だけはこれとは別の人間もしくは人格が書き残したとしか思われないのである。ピエール・シャンピオン筆の評伝はもとより、あえて『マルセル・シュオッブあるいは架空の伝記』と題されたシルヴァン・グドゥマール筆の評伝にしても、学識ある世紀末作家について語ってはいても、『架空の伝記』の著者については迫りえていないのではないか。『架空の伝記』を珠玉の短編集とみるならば、このような奇妙きわまりない問は生じないだろうが、『架空の伝記』という書物、あるいは「架空の伝記」と名づけられる潜在的なプロジェクトには、事実とフィクション、歴史と物語、小説と批評の境界線を突き崩すパラドクスが内包されているとみるとき、多かれ少なかれ事実を積み重ね、因果論的な構成を工夫する評伝という名のアプローチはその効力を失うように思われるのである。そのような意味でのマルセル・シュオッブはいかなる文学事典にもその場を見出すことはないだろう。
『架空の伝記』は「神に擬せられた」エンペドクレスに始まり、「人殺し」のバーク氏とヘアー氏の二人組に到るまで全部で二十二篇の小伝から成り立っている。これに付せられた序文は「神に近い人であれ、凡人であれ、犯罪者であれ、その人独自の生活を同じ心遣いをもって語るべきだろう」という言葉で終わっている。この世の中にはこの三つの類型しか存在しないかのような口ぶりである。とは言っても、そこには「酋長の娘」ポカホンタスがいればキャプテン・キッドを始めとする何人かの「海賊」が登場する。「絵師」パオロ・ウッチェルロがいれば「悲劇詩人」シリル・ターナーがいる。多かれ少なかれ歴史に名を残した人物だけではなく、「売笑婦」カトリーヌにもその場があたえられている。シュオッブ描くローマの詩人哲学者ルクレティウスは、美しいアフリカ女が用意する煎じ薬を飲み、理性を失い、パピルスに書かれていたギリシア語をすべて忘れる。

ひとりの人物の記述に割かれる分量は10／18版では四ページ強という具合にごく僅かである。そのわずかな紙数のうちに人物像を浮かび上がらせる試みをどう評価するかという点については、さまざまな見方がありうる。単純にジョン・オーブリー流の小伝を英国から移植したものだという見方もあるだろうし、あるいは夥しい事実を積み重ねて

シリル・ターナー

パオロ・ウッチェルロ

キャプテン・キッド

ゲイブリエル・スペンサー

バーク、ヘアー両氏

ポカホンタス

『架空の伝記』挿絵
フェリックス・ラベース画（1946年）

も人物の特徴は捉えられず、むしろ際だった瞬間を取り出すことこそが課題だとするその主張に眼を向けることもできる。歴史学が説くミクロの歴史の先取りだと評価する向きもあるだろうし、小伝を集めて列伝とする配合の妙に作家の特異技を見出すこともできるはずだ。さらにまたプロレゴメナとしての序文と実作としての列伝のあいだには齟齬があって、実作はプロレゴメナを裏切っているという見方もありうるだろう。このように数多くの問が周囲に旋回することで、この書物は万華鏡の遊戯のようなきらめきを発している。

パリの屋根裏部屋でシュオッブを読んだときからほぼ四半世紀が過ぎた二〇〇三年暮のこと、ロンドン大学の一角で催されたジェラール・マセを主題とする小さなシンポジウムに参加した私は、ジェレミー・ベンサムのミイラが廊下に鎮座する姿を不思議に思いながら、その脇のドアを入ったところにある洒落た一室で、用意してきた原稿を読み上げたが、そのなかにはシュオッブに言及する箇所があった。その後で同じくこのシンポジウムの発表者のひとりだったドミニク・ラバテは、この言及はよかったと言ってくれた。シュオッブによれば、科学は一般を追い求め、芸術は唯一無二のものを追い求める。その主張はバルトが『明るい部屋』のなかで語る「普遍学」ならぬ「個別学」、すなわち「唯一無二のものについての不可能な学」と重なりあうばかりか、マセを始めとして、ピエール・ミション、フロランス・ドゥレ、ミシェル・シュネデールなど私が親しく読んできた同時代の作家たちにも反響を見出すことができる。それなりの作法をもって彼らはみな「架空の伝記」あるいは「小伝」を書き継いできたのではなかったのか。

モンジュ広場を見下ろす屋根裏部屋で『架空の伝記』を読んだ頃の私はパリ第一大学に通い、ライプニッツ研究の碩学イヴォン・ベラヴァルのゼミに出席していた。現実には、文字通り末席を汚していたと言うべきところである。ベラヴァル先生は逸話を好んで披露されたが、なかでもライプニッツの『弁神論』の最後のほうに出てくる「運命の宮殿」の話を先生が語り直されるのを聞くのを私は好んだ。セクストゥス・タルクィニウスはリウィウスの『ローマ建国史』に名を残す悪者であるが、『弁神論』では「運命の宮殿」にあって善良なる者としての生涯も含めて、さまざまな可能世界が上演されるのを目の当たりにする。その話を聞いたとき、『架空の伝記』は世紀末文学ではなく、この「運命の宮殿」の逸話とダイレクトに接続すべきものであるように私には思われたのである。その後刊行されたドゥルーズの『襞——ライプニッツとバロック』には『架空の伝記』のウッチェルロのくだりが引用されていることを付け加えておこう。

仮に『架空の伝記』が、瞬間のうちに凝縮してあらわれる生の姿をとらえようとするプロジェクトであるとするならば、それはモナドの鏡のようにして、モンジュ広場を斜めに見下ろす屋根裏部屋で読書にふけるひとりの人間のその後の出会いをもまた映し出していたと考えられるのではないか。

（ちば・ふみお　フランス文学）

マルセル・シュオッブの肖像画（1900年）

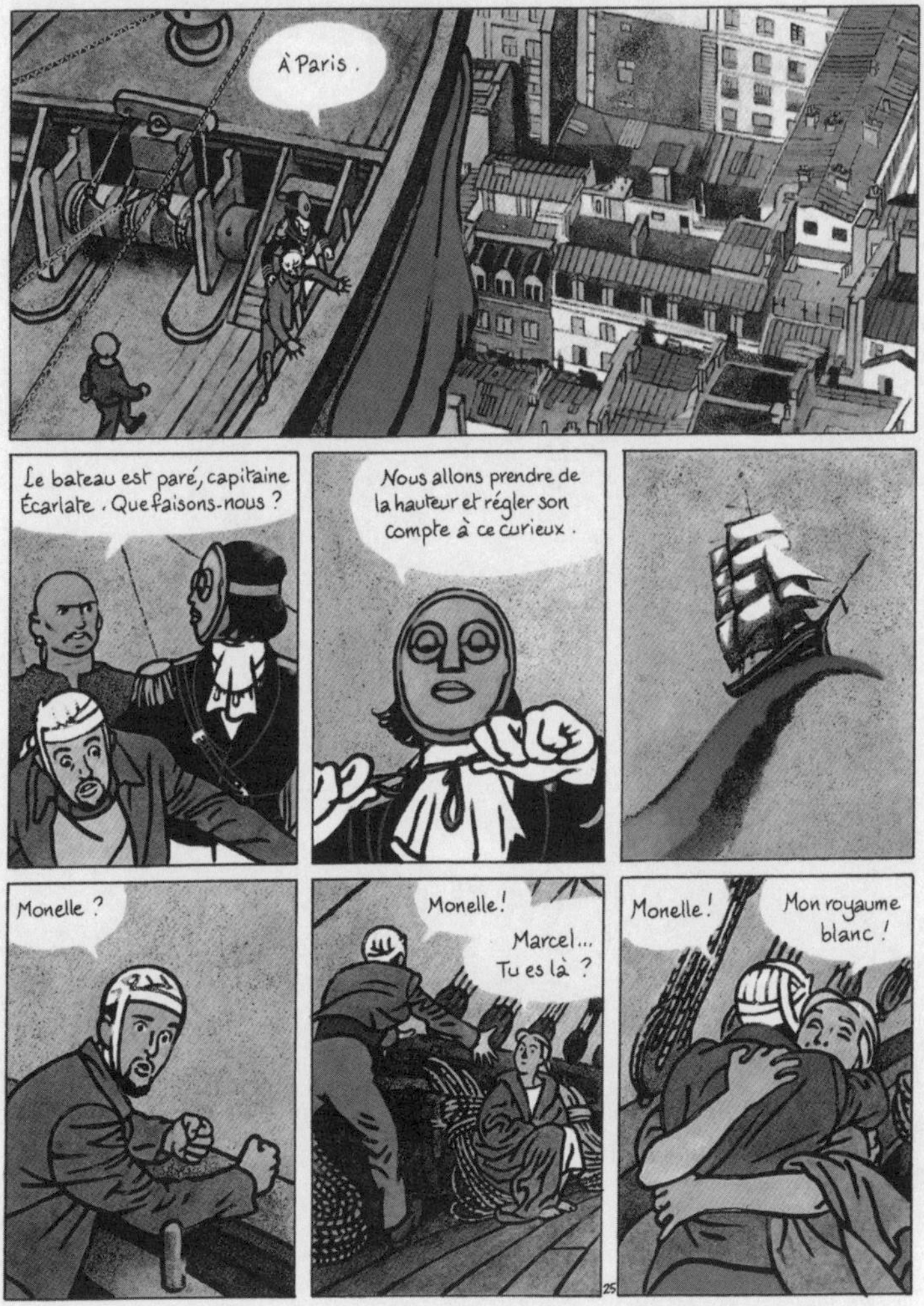

シュオップとモネルを主人公にしたバンド・デシネ『深紅の船長』
（2000年、エール・リーブル刊）29ページより
エマニュエル・ギベールとダヴィッド・Bの合作

シュオッブとヴィヨン

宮下志朗

　今回の全集では、「拾穂抄」に収録されたヴィヨン論を翻訳してみた。一介の靴職人から「たたき上げて」、コレージュ・ド・フランス教授にまでなったヴィヨン研究の泰斗オーギュスト・ロンニョン（一八四四―一九一一）が編んだ『ヴィヨン全集』（一八九二）の刊行を受けて綴られた文章だという。もちろん、ヴィヨンに魅せられて、終生、史料探索につとめたシュオッブであるからして、自身の成果も随所に見てとれる。たとえば「貝殻団《コキャール》」のこととか、「悪魔の屁」と呼ばれた境界石をめぐる騒動など、とても面白い。詩人が『遺言書』で、「父親以上の」存在だという養い親ギヨーム・ド・ヴィヨンに遺贈した『悪魔の屁』の物語は、現在では架空の作品というのが通説だけれど、シュオッブは詩人の処女作だとして、その内容を学生連中の愚行の数々と結びつけたかと思うと、『無銭飽食』というヴィヨン伝説に連接させていく。『無銭飽食』を紹介した身（『神をも騙す』岩波書店、所収）としては、痛快この上ない。また、「貝殻団」とその隠語を論じた個所に出てくる、ノルマンディ地方を跋扈《ばっこ》した「贋顔団《フォー＝ヴィザージュ》」と呼ばれた匪賊は、『黄金仮面の王』所収の珠玉の短篇として結実する。細部へのこだわりと自在な空想力、論文とフィクションとの往還は、シュオッブ作品を貫く特徴だ。

　とはいっても、この「フランソワ・ヴィヨン」が発表されたのは、一九世紀末の話。二一世紀のヴィヨン・マニアからすると、首をかしげる部分がなくはない。ここでは、そのひとつについて、補足的な弁明をさせていただく。

　シュオッブは、ヴィヨンの死刑判決を、一四五五年六月のフィリップ・セルモワーズとの刃傷沙汰と関連させている。喧嘩による「過失致死」ともいえるこの事件については、二通の恩赦状が残されているわけだが、シュオッブはさらに、「司祭殺しは重罪」であって、死刑宣告はこの事件でなされたと推測する。詳しくは拙訳をお読みいただくしかないけれど、死刑判決に対してヴィヨンが抗告をおこない、「上訴人」として、シテ島のコンシエルジュリーの牢獄につながれ、そこでたちの悪い牢番エチエンヌ・ガルニエと対峙したというのが、シュオッブが描いたストーリーだ。「おれの上訴をどう思う、ガルニエ君、おれはまともか、おかしいか?」で始まる「ヴィヨンの上訴」と題された有名なバラッド――「雑詩篇」に分類されている――は、この時に綴られたと推理するのだ。その後、上訴が認められて、パリからの追放処分に減刑され、詩人は都落ちするという筋書きなのである。

「死刑判決・上訴・所払い」というストーリーは、「ヴィヨンの上訴」や、「法廷への讃辞と懇願」（F写本では「死刑を免ずるといわれて、三日間の猶予を懇願した際に、ヴィヨンが法廷に捧げた讃辞」と題されている）といったバラッドから導き出せる。これを「フィリップ・セルモワーズ事件」と結びつけたのは、先ほどのロンニョンが発見した古文書によって、ガルニエが牢番として勤務していたのが一四五三年から一四五六年二月のあいだに限定されるという事実に引きずられたからにちがいない。

この筋書き自体は興味深いものの、かなりの無理筋だ。拙著『神をも騙す』で、二つの恩赦状を翻訳して紹介したが、そもそも二通とも、「いかなる欠席判決、追放処分、訴追についても免除する」となっているのだから、シュオッブの筋書きとはうまく嚙み合ず、どうも納得がいかない。が、ともかくシュオッブは、「一四五五年六月の末あたりに、ヴィヨンは司法により追放処分を科せられて、パリを離れたのだった」として、その後の放浪生活を「貝殻団」とからませて語るのである。

その七、八年後、「フランソワ・フェルブー事件」が起こる。ヴィヨンとその仲間は、カルチエ・ラタンの公証人フランソワ・フェルブーの事務所前で筆耕たちと喧嘩になる。そして表に出てきたフェルブーは、ロバン・ドジに刺されてしまう。シュオッブによれば、事件の影の「仕掛け人」は、フェルブーに遺恨のあるヴィヨンだという。このヴ刃傷沙汰の史料は、これまたロンニョンが発見したロバン・ドジへの恩赦状しか存在せず、その日付は「一四六三年一一月」とある。そこでシュオッブは、「フランソワ・フェルブー事件」の発生そのものを一四六三年一一月とみなして、これが「ヴィヨンが生きている証拠が残る、最後の日付」だとして、「彼はおそらく、一四六四年のうちに死んだのだ」と推測する。こうして「拾穂抄」では、ヴィヨンの伝記としては「不完全であるし、欠落も多い」ことを遺憾としつつ、擱筆している。

しかしながら、その後、関連資料の探索が進む。そして、なんとシュオッブ本人が、ヴィヨンの死刑判決に関する決定的な証拠を発見するのだ。それはパリ国立図書館所蔵の「デュピュイ・コレクション205」と呼ばれる写本であって、パリ高等法院刑事裁判所の記録の写しらしく、ジャンヌ・ダルクのコンピエーニュでの逮捕や、ルーアンでの処刑なども記されている興味深いコーパスである。その一四六三年の個所には、次のように記されている。

パリ、一月五日

パリ奉行あるいはその代官によって行われた裁判での、絞首刑の求刑に関して、被告フランソワ・ヴィヨン学士は上訴をしたが、当法廷はこれを審査した結果、上訴

『擬曲』原本挿絵より

の対象となった判決を最終的に破棄し、上記ヴィヨンの悪しき生きざまにかんがみて、この者を、都市パリの司法圏から一〇年間追放に処した。

「絞首刑の求刑に関して」、ヴィヨンが上訴したという史料の発見によって（ただし、「死刑判決」の判決文そのものは、現在まで未発見）、詩人の「死刑判決・上訴・所払い」が、一四六三年から翌年初めにかけてであったことが明らかとなったのである。それ以前は、「死刑判決」の根拠は、詩という状況証拠しかなかった。しかし、右の史料が発掘されると、「フェルブー事件」は一年前倒しにされて——なにせ、「一四六三年一月五日」は「恩赦状」の日付にすぎないのだから——、一四六二年の出来事だということになったのである。

かくして、『遺言詩』はもちろん、先述のバラッド「ヴィヨンの上訴」など、ヴィヨンの詩篇のコンテクストに関してさまざまな見直しがなされていく。シュオッブ本人も、従来の考えを改めて、フランス学士院で、「ヴィヨンの死刑判決の日付」というタイトルの発表もしているし（一八九九年二月二四日）、新たなる知見にもとづく『フランソワ・ヴィヨンとその時代』も書き始める。ところが、一九〇五年二月二六日、彼は三七歳の若さで他界してしまうのであった。そして、シュオッブのヴィヨン伝が未完に終わったことを「わが生涯での悲しみ」として、その遺志を受け継いだのが、ピエール・シャンピオン（一八八〇―一九四二）にほかならない。その『フランソワ・ヴィヨン、生涯とその時代』は、シュオッブ死して八年後に刊行される。さいわいにもわれわれは、その優れた翻訳を有している（佐藤輝夫訳、筑摩書房）。といった次第であるから、シャンピオンの「序」に描かれているところの、ヴィヨン研究に没頭するシュオッブの姿をまぶたに焼き付けてから、決定的な史料の発見に先立って書かれた、「拾穂抄」のヴィヨン伝の興趣をじっくりと味わっていただきたい。

（みやした・しろう　フランス文学）

ジョルジュ・ド・フール画「赤文書」挿絵（1899年）

ジョルジュ・バルビエ画「エンペドクレス」挿絵（1929年）

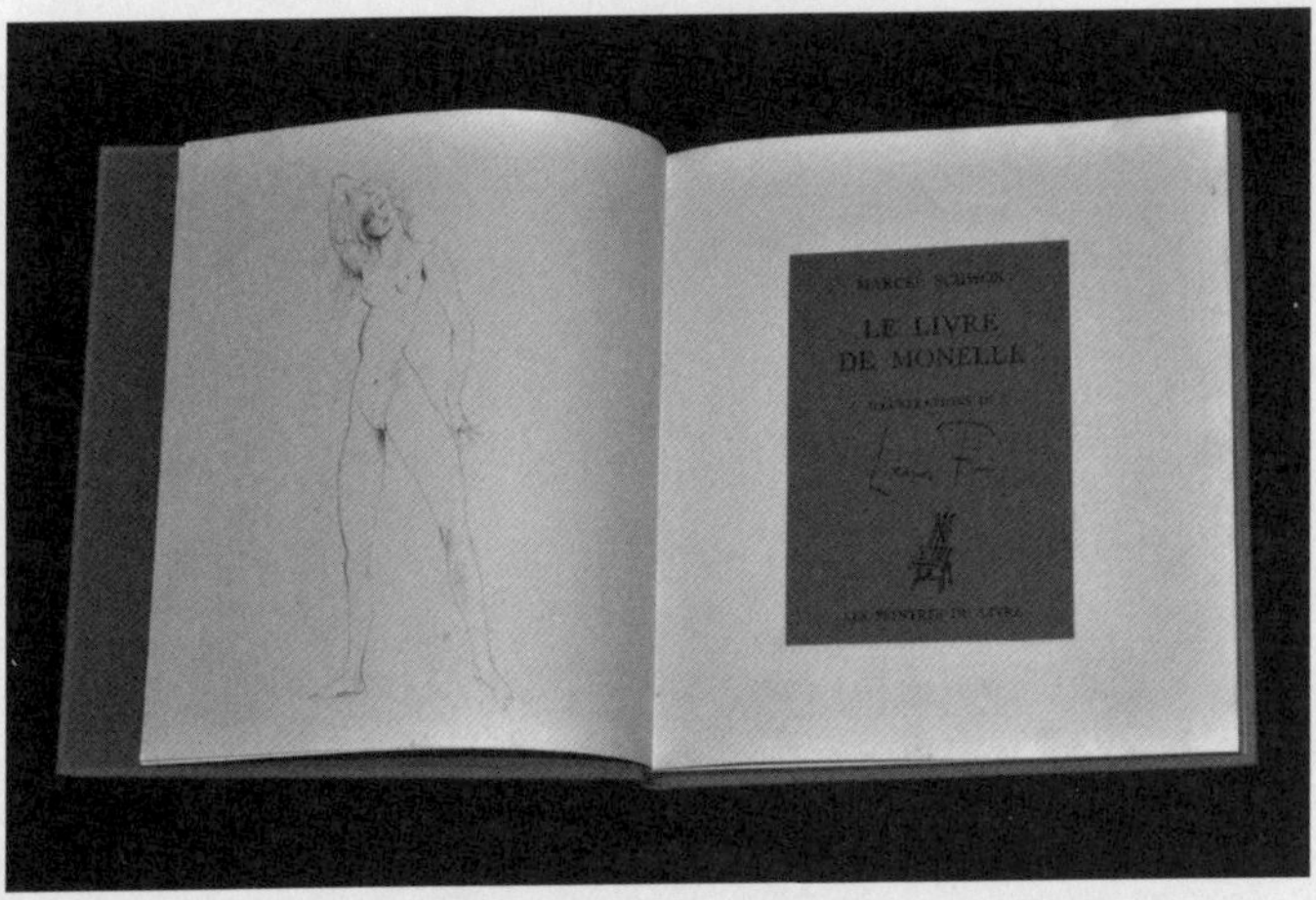

レオノール・フィニ挿絵『モネルの書』(1965年)

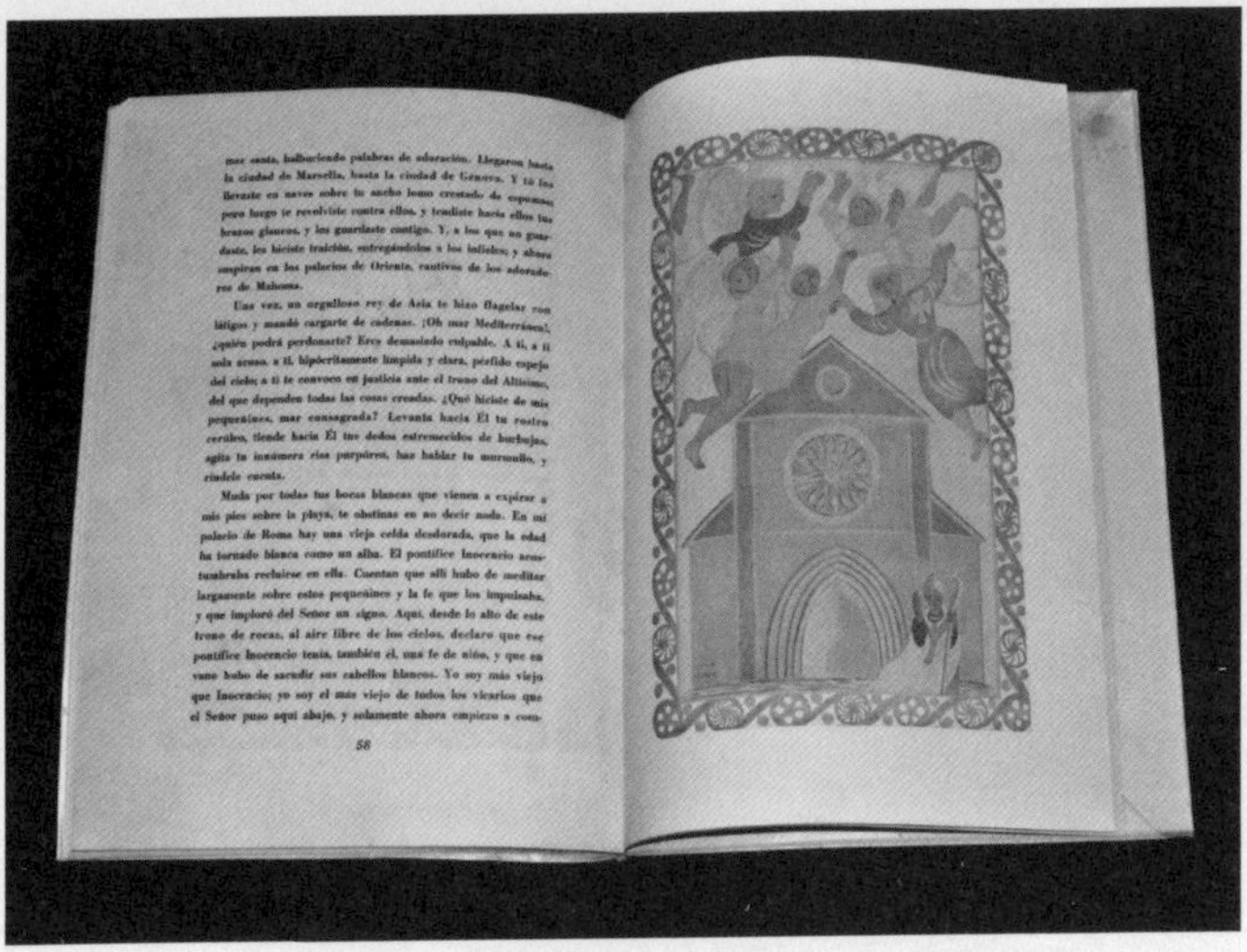

ホルヘ・ルイス・ボルヘス序文、ノラ・ボルヘス挿絵
『少年十字軍』(1949年)